KB024407

죽어도 그리울 나의 사랑아

서동근 시집

죽어도 그리울 나의 사랑아

달아실기획시집
13

달아실

일러두기

1. 본문에서 하단의 〉는 '단락 공백 기호'로 다음 쪽에서 한 연이 새로 시작
   한다는 표시임.
2. 보조 용언과 합성 명사의 띄어쓰기 등 본문의 맞춤법은 시인의 의도에
   따른 것임.

프롤로그

나의 뿌리이신 아버지 어머니, 두 분께서는 스물다섯, 열네 살에 한 동네에서 중매하여 결혼하셨습니다. 한 동네서 만나 결혼했다 하여 택호가 한동댁이 되었습니다. 아버지께서 쉰 살 때, 서른아홉 살 어머니께서 나를 낳으셨고, 초등학교 6학년 때 회갑 잔치를 성대하게 하셨던 기억이 납니다. (어렸을 때 애들에게 "너희 할아버지 가신다"라는 말을 자주 들었습니다.)

부모님께서는 열두 자식을 낳으셨지만 여섯은 죽고 여섯만 건지셨습니다. 오래된 무궁화나무들이 우리집 울타리였는데, 새순이 파릇파릇 돋아날 때 동생이 홍역을 앓다 죽어 슬프게 우니까 지나가던 사람들이 울타리 구멍으로 쳐다보시고 우셨습니다. 어머니는 호적에도 올려보지 못하고 가슴속에 묻은 자식들 때문에 그러셨는지, 어렵게 사시는 외삼촌 이모네 집 때문에 그러셨는지 한이 많으셨습니다.

밭으로 산으로 어머니를 늘 따라다니니까 동네 사람들이 나를 "한동댁네 막둥이, 쫄쫄이"라고 불렀습니다. 밭일을 하시거나 들에서 봄나물 캐실 때마다 막둥이를 옆에 두시고 나지막하게 부르시던 어머니만의 구슬픈 노랫가락이 그립습니다.

내 나이 칠십이 되고 보니 아버지께서 칠십이셨을 때의 모습이 자꾸 눈에 아른거립니다. 두 분을 통해 4대에 거쳐 112명의 자손이 퍼졌습니다. 기쁠 때나 슬플 때나 인생의 매 순간마다 부모님을 잊어본 적이 없고 세월이 흘러갈수록 그리움이 더 사무칩니다.

부모님께 이 책을 바칩니다. 그리움은 눈물이고 한(恨)이고 무엇보다 사랑입니다. 아버지 어머니, 보고 싶습니다. 사랑합니다.

2021년 5월
한동댁 막내아들 서동근

5

차례

2부. 산책

3부. 나의 삶, 동신교회

4부. 아내에게 쓴 편지

6부. 그리움

1부

가족

살아 있다는 것이 좋다

사랑하므로 나는 살아 있다.

사랑해주는 사람이 있어 나는 행복하고, 사랑하는 사람이 있어 더욱 행복하다.

발자국 소리만으로도 알아채고는 "아빠" 하면서 달려와 품에 안기는 고슴도치 같은 내 새끼들이 있어 좋다.

좁고 불편하지만 높은 종탑에 매달려 있는 비둘기 집 같은 내 보금자리가 있어 좋다.

내가 지치고 피곤할 때, 외롭고 힘이 들 때, 내 곁에 말없이 앉아 있는 당신, 밤새도록 열이 나서 잠 못 이루고 아파할 때, 따뜻한 손으로 간호해주던 어머니 같은 당신, 새끼들 때문에 마음 상하여 우울할 때, 밤이 늦도록 가슴을 열고 이야기할 수 있는, 어릴 적 친구 같은 당신이 있어 좋다.

밤늦게 들어가면, "하루 종일 전화 한 통도 없고, 집에서 기다리는 사람 생각은 안 해요?" 화를 내며 토라지는 당신이 있어 좋고, 텔레비전에 예쁜 여자가 나왔을 때, "야아~ 예쁘다. 대단한 미인이야." 무심코 내뱉은 말 한마디에 온 밤을 끙끙거리며 잠 못 이루는, 질투 많은 당신이 있어 좋다.

밥상머리에서 반찬 투정하며 어린애처럼 구는 나를 받아주는 당신, 와이셔츠며 넥타이며 양복 색깔을 골라주며 옷매무새를 만져주는 당신, 기쁠 때나 슬플 때나 건강할 때나 병들었을 때나 함께 삶을 나눌 수 있는 당신이 있어 좋다.

삶을 나누면서 산다는 것이 이리도 좋을까?
아~ 아~ 좋다.
산다는 것이, 살아 있다는 것이 좋고, 고통이 있고 아픔이 있다는 것이 이리도 좋다.

함께 어우러져 살다가 마침내 서산에 해가 기울 듯 인생의 석양이 붉게 물들고 "내가 먼저 갈 테니 당신 잘 있어! 내가 먼저 가서 기다릴게." 마지막 인사를 전하고 마침내 이 세상 떠나는 날, 차가운 내 손을 뜨겁게 잡아줄, 뜨겁게 울어줄 당신이 있어 좋다.

요단강 건너가 천군 천사들의 환영 속에서 영생하신 그분을 만날 것을 생각하면 이 또한 좋다.

살아 있는 것이 왜 좋으냐고 묻지 마라.

슬플 때는 슬퍼서 좋고, 기쁠 때는 기뻐서 좋다.

살아 있다는 것이, 아픔이 있다는 것이, 사랑하며 산다는 것이 그냥 좋다.

謙, 너는 누구냐

내 마음을 빼앗아간
내 시선을 머물게 하는
너는 누구냐

눈을 떠도 눈을 감아도
아침 안개처럼 피어올라
푸른 하늘의 뭉게구름이 되고
꽃이 되고 나비 되어
미소 짓게 하는
너는 누구냐

온 식구가 너의 포로가 되었으니
네가 끌면 끌려가고
네가 밀면 밀려가니
우리집에서 가장 힘센 겸아
너는 누구냐

부부

세상에 새것은 없다
옷도 신발도 우리가 사는 집도
세월이 지나면 다 낡아지는 거다

사람이라고 다를 바 있겠는가
나이 들고 보니
어느새 온전한 사람이 하나도 없더라
만나는 사람마다 약봉지 들고 살고
병원 다니는 것이 하루의 일과가 되더라

외출하려고 옷을 입는데
아내의 비명이 들린다
달려가 보니 한쪽 양말은 신었는데
다른 한쪽은 반밖에 신지 못하고
팔이 펴지지 않아 진땀을 흘리고 있다

아내의 한쪽 양말을 신겨주면서
꽃 청춘 지나 이제 관절마저 낡아진 아내를 보면서
그래도 괜찮다

둘이 기대서 이만큼 살 수 있으니
조금 더 낡아진다 한들 아직은 괜찮다
괜찮다 생각하는 거다

백년해로

둘만 사는 단출한 집이라도 아침저녁으로 청소하지 않
으면 먼지가 수북하다
밀대걸레로 닦다보면 먼지보다 은발의 아내 머리카락
이 더 많이 묻어나온다

검은 머리 파 뿌리 될 때까지 살라 하셨는데
우리 인생에도 어느 사이에
청춘의 시린 눈물이 하얀 서릿발이 되어
은발의 꽃을 피웠구나

아내가 머리 염색으로 신경을 쓰길래 어느 날 한마디
건넸다
"여보! 누구에게 잘 보이려고……. 신랑 보기에 좋으면
좋은 것 아닌가요?"
그때부터 아내는 은발 머리 바람에 날리며 자연인으로
편하게 살아간다

그때부터 아내의 은발 머리카락이 방바닥에도 화장실
에도

그리고 내 회색 스웨터에도
풀잎에 맺힌 이슬처럼 대롱대롱 매달려 산다
떼어내려 하면 가슴 자락에 다시 달라붙고
다시 떼어내려 하면 옷소매에 달라붙는다

부부의 연이 이리도 질긴 거구나
"내가 맺어준 천상배필이니 한 가닥의 머리카락마저도
네 맘대로 떼어내려 하지 말라"
하나님의 뜻이려니
아내의 머리카락을 떼어내다 말고
그저 하늘을 쳐다보며 헛웃음을 짓는다

고운 님

우면산 자락에 석양이 붉게 물들고
골목길 코흘리개들 어미 찾아 분주한데
창가에 홀로 기대어 상념의 눈을 감네

서릿발 내리고 낙엽 뒹구는 계절이 오면 오신다더니
계절이 바뀌고 또 바뀌어도 님은 오지 않고
그리움이 산이 되고 강이 되어
내 가슴속에 흐르네

넘어올 수도 없고 넘어갈 수도 없는
애타는 그리움이여!

황톳빛 강물에서 한 줄기 맑은 물을 갈구하듯이,
동녘 하늘 먼동 틀 때 오신다더니
석양에 땅거미 지고 온 동네 불이 꺼져도
님은 오시지 않네

그리움이여!
사랑함이여!

내 가슴속에 사무친 님이여!

늦가을 산기슭에 곱게 물든 홍단풍처럼,
찬 서리 머리에 이고
그리워하며 다만 그리워하며 살라 하네

논두렁에 홀로 피어
흰 머리카락 바람에 날리는 억새 되어
고운 님 바라보며
한평생 살고 지려 하네

나를 춤추게 하는 것

태초에 말씀이 있었고 말씀으로 천지를 창조하셨으니
말은 그 사람의 인격이고 영혼이며 나 자신이다

어느 따듯한 봄날의 일이다
손자를 데리고 대공원에 꽃구경을 갔는데,
차에서 내렸으니 이제 꽃길을 걸어가야 하는데
손자 녀석이 걷기 싫다고
막무가내로 할아버지 등에만 업히겠다고
떼를 쓰는 거다
하는 수 없이 업고 가는데
등에서 땀이 삐질삐질 흘러내린다
"손자! 할아버지 힘드니까 걸어가면 안 될까?"
은근슬쩍 떠보지만
"싫어요! 할아버지는 할 수 있어요!"
하면서 등에 납작 엎드린다
꼼짝없이 녀석을 등에 업고 허리가 휘도록 걸어야 했지
만
세상천지 가장 아름다운 꽃길을 춤추듯 걸었다
〉

"할 수 있어요 할아버지는 할 수 있어요"
어린 손자의 격려 섞인 말 한마디가
나를 춤추게 한 거다

누군가의 아름다운 말 한마디가
늙은 가슴에도 꽃을 피우게 한다

내 가슴에 별이

사랑하는 큰아들 신초야, 큰며느리 성현아!
둘째 아들 신국아, 작은며느리 이선아!
셋째 아들 신욱아!
이번 명절은 건너뛸 줄 알았는데
너희들의 정성으로 보고 싶었던
재겸이 의겸이 윤공주 얼굴을 보고 나니
헛헛했던 마음의 갈증이 해소가 되는구나
두 자부들의 정성이 담긴 손맛을 볼 수 있어
내 입까지 호강을 하고 있지만
먼 이국땅에 있는 녀석은 잘 지내고 있는지
늘 맘에 걸린다

사랑하는 내 자식들아!
새삼스럽게도 세 손주들의 장난치는 소리를 들으며
나는 지금 잠자던 내 영혼이 번쩍 깨어나는 것을 느끼
고 있다
가족의 힘이 이렇게 위대한 줄 미처 몰랐다
앓던 에미를 일으켜 세우고
둘째네 가정에 새 힘을 불어넣어주고

셋째에게 인생의 다리를 놓아주지 않았는가?

사랑하는 자녀들아!
항상 내 곁에 있는 너희들이
장수의 수중에 있는 검과 같아서
나는 늘 든든하구나
이번 추석에도
또 하나의 아름다운 추억을 만들어
내 가슴에 별이 되게 하였으니
고맙고 또 고맙구나

아들들아, 며느리들아, 늘 행복하거라!
행복은 주어지는 것이 아니라 부단히 노력하고 만들어
가는 거란다
험한 세상 서로 의지하고 격려하며 보듬어주고 이끌어
주거라
그렇게 사랑의 가족 공동체가 되거라

언제나 너희들을 사랑하고 축복한다

분꽃

어제는 그 사람이 태어난 날이라
무엇으로 기쁘게 해줄까 생각하다가
그가 좋아하는 떡볶이 2인분을 샀다

흐뭇한 마음으로 골목길을 돌아 나오는데
양지바른 자투리땅에 피어 있는
분홍 노랑 흰색의 분꽃들
추위에 잔뜩 움츠린 채 옹기조기 모여 있다
분꽃은 아내가 유난히 좋아하는 꽃
혹시라도 사람들 눈에 띌까 싶어
가지 하나를 뚝 꺾어서 얼른 양복주머니에 넣고
종종걸음을 걷는 것인데
오늘따라 집은 왜 그렇게 먼 것인지
몇 번씩이나 뒤를 돌아보면서 헛웃음을 짓는 거다

사랑하는 이여!
낮에는 수줍어 얼굴 가리고
해질녘 달뜨는 밤이면 환하게 웃는
분꽃 같은

분꽃보다 더 분꽃 같은

당신이 이 땅에 태어난 날을 축하하고 축복하기 위해

나는 오늘도 종종걸음으로 당신에게 가는 중이다

사랑 예찬

하늘이 높다 한들 이보다 더 높을까
바다가 넓다 한들 이보다 더 넓을까
꽃이 아름답고 향기를 품은들
이보다 더 아름답고 향기로울까
꿀이 없어도 꽃을 맴도는 나비와 벌이 있다면
나 또한 그와 같으리니
아이 곁을 맴돌고 맴도는
이것은 맹목의 사랑!
인생의 산등성을 넘어
황혼에 들녘에 홀연히 찾아든
나의 사랑아
가도 좋고 오면 더 좋은
아무런 대가도 바라지 않는
이것은 일방의 사랑!
곁에 있어만 주어도 좋고
멀리서 웃음소리만 들어도 좋은
나의 사랑아
무럭무럭 자라고 쑥쑥 자라서
멀리멀리 터전을 넓혀가거라

하나님의 사람으로 하나님의 종으로

오대양 육대주를 가슴에 품거라

높은 산이 되고 큰 강이 되어

우리 민족과 세계 민족을 시원하게 해주는 생수가 되거라

내 인생의 오랜 둥지에

홀연히 찾아든

謙아, 나의 사랑아, 사랑의 로맨스여!

명희 씨
— 병석에 오래 누워 있는 당신

전생이 있다면
전생에서도 나의 여인이었을 당신
당신과 나 한 몸이 되어
부부의 인연을 이어온 지 사십이 년
돌이켜보면
어둠보다 밝음이었고
슬픔보다 기쁨이었소
사랑한다 그 말보다 더 사랑하는 당신
못 잊겠다 그 말보다 더 못 잊을 당신
멀리 있으면 먼 채로 그립고
가까이 있으면 가까운 채로 그리운
언제나 그리운
명희 씨!
이제 그만 털고 일어나서
우리 사랑하고 또 사랑합시다
언제까지 오지 않을 줄 알았던
인생의 황혼이 우리에게도 어느새 찾아왔지만
여보!

우리 후회 없이 살다 갑시다
아들 셋 힘들게 낳아
잘 길러 준
나의 사랑 명희 씨
이제 즐기며 살아도
누가 뭐라 하지 않을 터이니
훌훌 털고 일어나야지요
여보, 사랑합니다 존경합니다

애증의 강

사랑과 미움은 동전의 양면과 같은 것
사랑하기에 관심을 갖게 되고
관심을 갖기에 나도 모르게
잔소리가 나온다
"하루 세 끼 밥 꼭 챙겨 먹게나."
"옷 입을 때 한쪽 다리 들고 입다가 어르신들이 균형을
잡지 못하여 넘어진다고 하니, 꼭 앉아서 입게."
그럴 때마다 말 안 해도 다 안다고
내가 어린애냐고
투덜거리는 우리 부부
티격태격하며 미운 정 고운 정 쌓는 게 부부려니
사랑의 잔소리를 보약처럼 여기고
주거니 받거니 하면서
오늘도 애증의 강을 건너는
우리 부부

윤공주

아장아장
우리 윤공주
다박다박
우리 윤공주
깡총깡총
우리 윤공주
어여뻐라 꽃으로 와서는
나비가 되어 날아가네
할애비 가슴에 살포시 앉아서는
할애비 마음을 간지럽히더니
그리움만 남겨주고는
오늘도 저리
훨훨 날아가네

아버지의 기도

　자식은 애물단지라고 누군가 말을 했지.

　그 녀석을 낳던 날, 지 에미는 하늘이 노래지고 별이 눈에서 반짝거렸다고 했지.

　녀석이 이 땅에 용쓰던 날, 중복 더위가 목구멍까지 불을 토해내고 땀이 비 오듯 쏟아지던 이른 아침이었지.

　'응애'하고 울어대던 그 목소리에 나는 이미 그 녀석인 줄 알았지.

　두 번째도 아들 낳았다고 전해주던 천사의 말에 나는 너무 좋아 뛰었고, 열기가 식을세라 이른 아침부터 여기저기 자랑하느라 전화통에 불이 붙었었지.

　녀석이 자라서 유치원 가방을 맸을 때, 장난기 가득한 볼에는 비지땀이 마를 날이 없었지.

　하룻밤 자고 난 것만 같은데 어느덧 세월이 흐르고, 녀석은 대학생이 되었지.

　짝을 찾느라 신음하는 소리에 밤잠을 설치고, 초콜릿에 장미꽃다발 들고 오던 날, 나는 처음으로 녀석이 고추 달린 사내란 걸 알았지.

　사랑하던 애인과 이별하고 말없이 힘들어하던 녀석에

게 영장이 날아들고 마침내 그날이 오고야 말았지.

　녀석이 입영하던 날, 마음도 시린데 날씨마저 매웠고, 눈 덮인 연병장에 불어온 칼바람은 나와 녀석의 웃음을 뺏어 가버렸지.

　헤어져야 할 시간이 가까워질수록 녀석을 더 놓아주고 싶지 않았지.

　헤어지던 그 순간 녀석을 끌어안고 등을 두드리는 내 마음속에는 장맛비처럼 눈물이 흘러내렸고, 나는 간절한 마음으로 기도했지.

　잘 다녀오거라
　진짜 남자가 되어서 돌아오거라
　젊은 날 국가가 너를 필요로 할 때
　멋지게 청춘을 불태우고 오너라
　사랑하는 아들, 너를 위해 기도하마
　하나님이 너와 함께하신다

2부

산
책

화무십일홍

화무십일홍花無十日紅, 열흘 붉은 꽃은 없다
속담을 증명이라도 하려는 걸까
화사하던 봄꽃들의 향연이 끝이 났다
꽃샘바람에 이리저리 나뒹구는 낙화落花
지나가는 길손들의 구둣발에
꽃잎들 무참하게 짓밟히니
고운 자태는 사라지고
흉물이 되었구나
환경미환원들이 투덜대며 빗자루질을 해대는
한갓 쓰레기 더미가 되었구나

만개한 너를 보려고
구름떼처럼 몰려와서는
너를 가운데 두고 끌어안고 사진을 찍고
거친 숨소리 몰아쉬고 뜨거운 입술을 갖다 대며
죽을 것처럼 사랑한다 했던 사람들
다들 어디로 갔나
열흘도 못 되어
그 사랑 그 눈동자 어디다 빼앗기고

너는 한갓 쓰레기 더미가 되었구나

사람아 너도 또한
그렇게 될 날이 올 것이다
그것이 순리이니 누구를 탓하랴

한때의 아름답던 꽃 추억들
가슴에 품고
꽃비가 되고
낙화가 되어
봄바람에 훨훨 날아가거라

봄비

비가 내린다
새악시처럼 수줍은 듯
소리 없이 봄비가 내린다

겨우내 얼어붙은 대지를 적시고
나뭇가지들을 흔들어서는
마침내 겨울잠을 깨우려는 듯
봄비가 내린다

석양에 긴 그림자 등에 지고
바삐 걸어가는 길손들
여민 옷깃 속에 스며들어
잠자는 영혼을 일깨우려는 듯
봄비가 내린다

이 비가 그치고 나면
우리집 화단에 잠자고 있는
앵두꽃 나리꽃 홍매화도
눈곱 떼어내고

겨울잠 잘 잤다고
기지개 켜고 하품하겠다
수줍은 듯 일어나겠다

이 비가 그치고 나면
우리 동네 총각들
이웃 마을 처녀들
실바람에 마음 들뜨겠다
봄바람에 살랑거리겠다

제비꽃

불암산 홀로 나선 산행 길
양지바른 덤불 속에
보랏빛 면사포를 두른 채
외따로이 서 있는
꽃을 보았네

봄 햇살이 따가워서 고개 숙였나
실바람이 간지러워 머리 숙였나
수줍은 새악시처럼
있는 듯 없는 듯
덤불 속에 숨어서
연분홍 연지 찍고 곤지 찍고
외따로이 피어 있는
꽃을 보았네

가만히 귀를 기울이니
봄을 노래하네
생명을 노래하네
보랏빛 향기가 스며드네

낙엽이 되어
— 서오릉에서

수백 년 세월을 거슬러
다섯 개의 능을 넘어서
바람이 불고
바람을 따라서
저만치 가을이 가네
또 하나의 전설을 남기고
너는 너로 나는 나로
고독에 찌든 영혼들이
몰락한 왕조의 후예처럼
수많은 사연 안고 한 잎 낙엽 되어
서풍에 굴러가네

낙수

서오릉에서 강의를 마치고 나오니
가을비가 추적추적 내리고
비를 피하려니 하는 수 없어
조선의 19대 임금 숙종 사당에 들었네

추녀 끝에 매달린 빗물이
낙엽 위로 뚝뚝 떨어지네
낙엽의 눈물인가 몰락한 왕조의 눈물인가
한 방울 두 방울 울음처럼
뚝뚝 떨어지네

이른 봄 새벽 물안개 속에
피어났던 내 청춘이
속절없이 떠오르네

한여름 태양을 머리에 이고도
무거운 줄 모르고 살아왔던
내 젊은 날들을 지우며
말릴 틈도 없이 어느새 치고 들어온

허망한 세월이 뚝뚝 떨어지네

세월아 가려면 너만 갈 것이지
어찌 나도 함께 가자 하는가

가을비가 추적추적
낙엽 위로 떨어지네
내 청춘을 즈려밟으며 훠이훠이 흘러가네

가로등

석양이 곱게 물들어도 삭막한 도시
어둠의 그림자가 색칠을 하면
이 집 저 집 등이 켜지고
이 골목 저 골목에서 가로등도 하나둘 켜진다
가로등 불빛 속에서
밤이 늦도록 사람들이 분주하게 움직이다가
마침내 모두가 저의 집으로 돌아가면
어느덧 도시는 고요히 깊은 잠에 빠진다
아무도 없는 도시의 골목길마다
가로등만 남아서 밤이 하얗도록 빛을 발한다
알아주는 사람 없어도
고마워하는 사람 없어도
그저 제 할 일 할 뿐이라며
어두운 세상에 저 홀로 빛을 밝힌다
캄캄한 바다의 등대처럼

차에 실려 가는 송아지

이제 갓 젖 뗀 송아지
음메 음메 차에 실려 간다
어디론가 팔려 가는가 보다

단장斷腸의 아픔이라 했는데
어미 정 어찌 끊을 수 있을까

냇가 건너 들판 달리던
그리운 고향 어찌 잊을 수 있을까

소야 소야 애기 소야
팔려 가는 애기 소야
음메 음메 우는 소야

오늘만 울고 내일은 우지 마라

어미 잃고 고향 잃은 게
세상에 너뿐이겠느냐
나 또한 어매 잃고 고향을 떠나왔단다

내가 의지할 주님

눈꺼풀이 가끔씩 떨린다

어느 날부터
손등 한쪽 뼈가 따끔거리고 손마디가 아프다

어느 날인가는 밥을 맛있게 먹고 있는데
왼쪽 치아가 갑자기 시리더니 돌 같은 것이 씹혔다
뱉어보니 부러진 치아 조각이었다

언제부턴가 매일 규칙적으로 먹어야 하는 약도 두 종류다

건강만큼은 늘 자신하며 살았는데
예전에는 느끼지 못한 신체의 변화를 느끼고
그럴수록 세월의 무상함을 뼈저리게 느낀다

내가 이제까지 의지하고 믿어왔던 것들로부터
서서히 마음을 비워야겠다

서운한 생각보다는 이제까지 함께해준 것을

고마워하며 살아야겠다

세월이 지나갈수록 알겠다
의지할 분은 당신뿐이란 것을

꽃길

님과 함께 우면산 꽃길을 걷는다
겨드랑이를 파고드는 봄바람을 끌어안고
진달래 꽃길을 걷는다

엄동설한 긴긴 겨울 지났다고
겹겹이 입었던 옷을 훌훌 벗어 던지고
새삼스레 하얀 속살이라도 비칠까
새악시처럼 수줍어하는
진달래
꽃길을 새악시 같은 님과 함께 걷는다

달래야 진달래야
그깟 수줍음도 벗어 던져라
님과 함께 걷는 이 꽃길
환하게 비추라
활짝 피어서 웃음 흠뻑 머금고
큰 입을 벌려서 이 봄을 노래하라
연분홍 치마 살포시 접고서
바람에 흔들리듯 춤추라
〉

달래야 진달래야

이 봄의 사랑의 전령사야

님과 함께 걷는 이 꽃길 위로 사랑 가득 피어라

낙화 인생
— 우면산의 봄

가는 봄 막아설 수 없고
오는 여름 누가 막을 수 있으랴
꽃은 피었다가 열흘이 못 되어 낙화하듯
인생 또한 그리되어 흘러가리니
서러워라
서럽지 않아라
인생이란 그런 거구나

모른다는 것

우리는 모른다
태양이 왜 붉게 타고 있는지를
기쁠 때 왜 눈물이 나오는지를

우리는 모른다
심령이 가난한 자가 왜 복이 있는지를
앎으로 불행해질 수 있고 모름으로 행복해질 수 있다는
사실을

어느 누구도
모든 것을 다 알지 못하고
모든 것을 다 소유하지 못한다

그러니
모름을 비관하지 말기를
모르는 그것으로 감사하며 살기를

더부살이 인생

우면산을 오르다 보면
여기저기 큰 나무들이
지난겨울 모진 바람을 이겨내지 못하고
비스듬히 뉘어 작은 나뭇가지에 기대어
겨우겨우 새가슴, 숨을 쉬고 산다

오르내리는 길손들 보기가 민망하여
한쪽으로 드러누워
두 눈을 지그시 감고
지난여름의 찬란했던 날들을 추억한다
나도 예전에는 겨울의 칼바람도 잘 막아내었고
한여름 뙤약볕도 잘 견디었고
남국의 먼 바다에서 불어온
이름 모를 태풍도 견디었는데
이제는 이렇게 힘없이 뉘어
작은 나무에 기대어 부담을 주고
또 언제 무슨 일이 일어나 넘어지면 어쩌나
기대고 있는 너마저 상처를 입으면 어쩌나
전전긍긍 하루하루가 십년 같구나

나무야, 나무야!
너나 나나 때가 되면
몸과 생각이 달라 원치 않는 삶을 살지
힘이 들지만 너도 나를 믿고
나도 너를 믿으며
우리 서로 의지하며 기대며 살자
사는 게 다 그런 거지

밤송이 껍질

월요일 오후 눈 덮인 우면산 등산로를 걷는데
어찌나 바람이 센지
나무 밑동부터 전체가 흔들리더니 온 산이 요동을 칩니
다
길이 미끄럽기도 하고 춥고 무섭기도 해서
조심조심 내려오는데
지난가을에 떨어졌던 밤송이 껍질이 바람에 떠밀려서
는
내 앞에 턱 버티고 서는 겁니다
아무 생각 없이 한쪽 발로 밀어내는 순간이었습니다
갑자기 옛 추억이 떠오른 겁니다

겨울이 되면 집쥐들이 여기저기 구멍을 뚫어놓았는데
그 구멍이 하도 많아 귀찮을 정도였습니다
그때마다 아버지께서는 저를 시켜 밤송이 껍질을 주어
오게 하셨고
그것으로 쥐구멍을 막으면 다시는 쥐가 얼씬도 못 했습
니다
〉

바람이 불어 춥고 무섭던 그 순간
돌아가신 아버지를 떠올리니
온몸이 따뜻해졌습니다

밤송이 껍질이 고마웠습니다
아버지 사랑합니다

한로寒露

나뭇잎마다 맺힌 이슬방울들
이제 곧 서리가 내리겠다
새벽 기도를 마치고
우리 집 하늘 정원에 오른다
고추랑 배추랑 호박이랑 가지랑 토란이랑
가볍게 눈인사를 나누다 둘러보니
텃밭 가장자리와 나무들 사이사이에
이름 모를 키 작은 잡초들이 수북하다
쪼그려 앉아 풀을 뽑으려 하는데
가만히 들여다보니
들풀 하나하나 꽃이 피어 있고
저마다 작디작은 열매가 맺혀 있다
사람이 돌보지 않아도
열악한 환경에서도
이름이 없어도
스스로 사는 생명들이다
때가 되면 스스로 꽃을 피우고 열매를 맺어
다음 생을 준비하는
이 작은 생명들에게서

생명의 경이와 삶의 의미를 배운다

이제 곧 서리가 내리겠다

비눗방울

전철 타러 다니는 골목길에
동네 꼬맹이들 옹기종기 모여앉아 있다
하얀 종이컵에 눈곱만큼 들어 있는
비눗물을 흔들고 휘저어
노란 빨대를 후~ 하고 불어대니
비눗방울이 풍선처럼 부풀어 오른다
지구만큼 커진 비눗방울 보면서
좋아라 소리 지르고
지구만 한 비눗방울을 붙잡으려
껑충껑충 뛰는데
이를 어쩌나
바람은 가만히 놔두지를 않는다
지구만 한 비누 풍선은
더 멀리 더 높이
푸른 가을 하늘을 날아오른다
동네 코흘리개들의 웃음소리를 담고
그들의 꿈을 싣고
지구 하나가 영원으로 영원으로 날아간다

부활의 생명

봄기운이 밀려오니
여기저기 생명의 탄생 소리!
죽음의 무덤을 헤치고 새 생명들이 깨어난다
모진 겨울 견디어낸 끈질긴 생명들이
새싹으로 새싹으로 대지를 뚫고 일어선다
에스겔 골짜기 해골들 군대 되어서 일어나듯이
온 세상을 생명으로 가득 채우기 위해 전쟁을 치르듯
하루 종일 요란하다
연록의 새싹들
제비 새끼의 부리처럼 쏘옥 내밀고
간지럽게 다가와 입 맞추고 얼굴 비비니
화악 번져오는 갓난아이의 분 냄새
사망을 이기시고 부활하신 주님
새 생명으로 다가와
우리의 산 소망이 되셨네

아네모네꽃
— 사랑의 괴로움

이른 아침 체코 브르노에서 출발해서
폴란드 아리쉬비치로 가는 길
고즈넉하게 내리는 초여름 비가
옷깃을 적시는데
찻길 양편에 펼쳐진 밀 보리밭
하늘에 맞닿은 푸른 보리밭 사이로
붉은 꽃들이 춤을 추듯 너울거린다
이국에서 온 나그네를 맞이하려는 듯
긴 여로에 지친 길손을 달래려는 듯
아네모네가 손을 흔들며
빨갛게 웃고 있다
붉은 꽃이
이국의 처녀 같은 아네모네가
보리밭을 붉게 물들이며 춤을 추고 있다
추적추적 내리는 빗줄기에
온몸이 젖은 채로
날개 접은 나비처럼
수줍은 소녀처럼

비를 맞으며
이국에서 온 나그네를 배웅하려는 듯
빨갛게 울고 있는
붉은 아네모네

어머니의 대지

해질녘 부는 찬바람은
오는 봄을 시샘하듯
옷깃을 여미게 만들고
한낮에 부는 봄바람은
겨드랑이 사이로 스며들어
내 가슴을 설레게 하는구나

겨우내 우리 집 담장에 침묵하며
인고의 세월을 보내고 있던 홍매화도
간지럽히는 봄바람에
웃음을 참지 못하여
웃음보가 터지기 일보 직전이다

실개천 잡풀들과 함께
어우러진 버들강아지 솜털 속에
들리는 대지의 아우성
생명의 소리
빨갛게 언 손을 녹여주는
어머니의 따스한 품속 같은

봄의 햇살

우리네 가정같이 시끄럽고 요란스럽지만
온 세상을 품었으니
봄은 어머니의 대지요
봄은 어머니의 환희다

나의 감나무

하얀 분가루도 덜 떨어진 단감나무 한 그루를
좁디좁은 울타리 빈 공간에 밀치고 당겨서 겨우 심었는데
삼십여 년의 세월이 흐르고 보니
뽀얀 아기 피부 같았던 나무껍질은 다 어디로 가고
검고 딱딱한 껍질로 옷을 갈아입었구나

수줍은 듯 연록의 입술로
봄이 왔음을 제일 먼저 알려주고

손바닥 넓이의 이파리로
여름의 뙤약볕을 가려주고

서릿발 내리는 가을이 오면
색동옷 갈아입고 노오란 열매 주렁주렁 매달아
길 가는 나그네들 눈길을 훔치고

하얀 눈 수북이 내리면
가지마다 눈을 머리에 이고
겨울의 정취와 낭만을 노래하게 하고
〉

삼십여 년 계절이 바뀌고 또 바뀌어도
늘 그 자리에서 말없이 나를 지켜봐주는 너
올 한 해도 헛되이 살지 않았노라고
미소를 보내주는 너

올 한 해 너도 수고했다
그리고 고맙다

인생은 짧으니

별것도 아닌 것이 별것인 양
값도 안 나가는 것이 값나가는 양
진실이 아닌 것이 진실인 양
사람도 아닌 것이 사람인 양
가면을 쓰고 위장을 해야 안심하는
가여운 인생들

누더기 옷인 줄도 모르고
허물인 줄도 모르고
손바닥으로 하늘을 어찌 가리겠다고

흘러가는 구름처럼
떠나가는 강물처럼
낮에 피었다가 밤이면 시드는 달맞이꽃처럼
잠시 왔다 가는 인생

진실만 채우기에도 짧지 않은가
하나님 앞에 살기에도 짧지 않은가

3부

나의 삶, 동신교회

꿈이 되게 하소서

목회 생활 43여 년 동안
새벽잠을 자지 않는 것이 습관이 되었다
그만큼 하루가 길어지고
무형의 자산들이 조금씩 늘어가는 재미를
새벽잠에 빼앗길 수는 없었다
그러다보니 습관이 된 것이다

며칠 전에는 하도 피곤해서
새벽 기도를 마치고 침대에 누워
모처럼 새벽잠을 청했는데
좀처럼 잠이 들지 않았다
그러다 깜박 쪽잠이 들었고, 꿈을 꾸기 시작했는데
지갑을 잃어버린 것이었다
어떡하지?
빨리 은행에 카드 분실 신고를 해야지
온갖 걱정을 하다가
제발 이것이 꿈이었으면 좋겠다
생각하다가 문득 꿈에서 깨었는데
진짜 꿈이었다

얼마나 다행인지
얼마나 기분이 좋은지
그래서 기도를 했다

주여
우리네 인생사 고되고 힘든 수많은 일들이
현실이 아니고 꿈으로 끝나게 하소서

내 마음의 잡초

새벽 기도를 마치고 옥상 하늘 공중정원에 올라가면
제일 먼저 눈에 띠는 것은 토란과
부추밭 사이사이에 고개를 쏘옥 내밀고 올라와 있는
이름 모를 잡초들이다
성장 속도가 워낙 빨라서 매일매일 뽑아내지 않으면
풀밭이 되고 만다
잡초도 작을 때 뽑기가 쉽지
다 자라고 나면
그 뿌리의 길이가 워낙 길고 무성해서
무심코 뽑아 올리다가는
채소들도 덩달아 뽑혀 죽게 된다
내 마음의 밭이라고 다를 게 있을까
어디서 날아들었는지 알 수 없는
수많은 잡념들이 뿌리를 내리고
나와 함께 살려고 둥지를 튼다
그대로 두면 쑥대밭이 될 것이니
자라기 전에 매일매일 뽑아내고
그 자리에 말씀의 씨앗을 심어야 한다
예수의 피로 소독을 하고

기도로 거름을 주어

내 마음의 잡초가 자라지 못하게 해야 한다

느림의 행복

느림은 게으름이 아니다
굼뜨고 느리지만 끝내 목표와 뜻을 이루어가는
달팽이를 게으르다 할 수 있을까?
성실한 삶의 또 다른 모습이 아닐까?
하나님과 사람들 앞에 부름을 받았으니
나 또한 그런 삶의 자세를 가져야 하지 않을까?
월요일은 목회자가 쉬는 날
새벽 기도를 마치고 모처럼 만끽하는
느림의 여유
느림의 자유
느림의 행복
느림의 시간은 얼마나 행복한가
행복이란 별것이랴
다람쥐 쳇바퀴 돌 듯 물레방아처럼 돌고 도는 일상에서
조금의 여유를 가지고 느림을 선택할 때
마음에 여백이 생기고 그 한가함에 행복이 있더라
내가 사랑하는 가족들 이웃들에게도
이 작은 행복을 느껴보라 권해야겠다
나무늘보처럼 조금 느리게 한 박자 느리게 살아보라고

음악에서 말하는
안단티노-조금 느리게
안단테-느리게
아다지오-천천히
라르고-아주 느리게
라르기시모-가장 느리게
그렇게 살아보라고 말이다

부추 예찬

하늘과 땅 사이에 떠 있는 바빌론의 공중정원은
벽돌로 벽을 쌓고 그 안을 흙으로 메워
여러 층의 정원을 만들고 나무와 꽃을 심어
짐승과 새들이 살게 했다

우리 집 옥상에도 작지만 이쁘고
아름다운 공중정원이 있다

이곳에 상추와 고추와 토란과 부추 등을 심어서
이른 봄 새 생명의 숨소리를 듣는 기쁨과
입의 호사를 함께 누린다

오늘은 부추 얘기를 해야겠다

솔이라고도 부르는 이 식물은
외떡잎식물로 여러해살이풀이다
작고 가녀린 잎이지만
세찬 비바람에 흔들릴지라도 부러지지 않고,
봄소식을 제일 먼저 알려준다

어디 그뿐이랴
우리 가족의 밥상 위 반찬으로
제 몸을 내어주기 위해
베임과 채움을 수없이 반복하면서
하얀 꽃잎으로 미소 짓고
행복해한다

어머니 같은 부추,
죽어도 죽어도 다시 살아나는
부활의 주님을 닮은
솔나물이여!

성미 주머니

오전 9시 1부 예배를 드리시기 위해
아마도 새벽 6시부터 서두르셨을 것입니다
그 바쁜 와중에도 빠뜨리지 않고
팔순이 넘은 권사님의 어깨 가방 속에는
성미 한 자루가 담겨 있었습니다
한 끼 한 끼 가족들의 밥을 지으시면서
정성껏 성미 주머니에 쌀을 모으셨을 것입니다
한 숟가락의 성미는
가족들에 대한 권사님의 애잔한 기도요
또 한 숟가락의 성미는
주님에 대한 한없는 사랑
풋풋한 첫사랑의 고백이었겠지요
이런 때 묻지 않은
수많은 살아 있는 순교자들께서
지난 44년
세월의 무게를 양어깨에 메고 여기까지 오셨습니다
그 덕분으로 그 힘으로
오늘의 동신교회가 세워진 것이겠지요
〉

지금은 하늘의 별이 되어
우리 곁에 없지만
그대들을 생각만 해도 눈물이 납니다
가슴이 뜨거워집니다
숨이 멈춰집니다

저는 행복한 목자입니다

스타트 라인

긴장된 마음으로
설렘과 두려움을 가슴에 안고
스타트 라인에 서 있다
제야의 종소리가
새벽 찬바람에 실려서
출발 신호를 알린다

저마다 가슴에 꿈을 안고
저 높은 산을 향하여
거친 바다로 광야로 달려가리라
가다가 절벽을 만나면 돌아서 갈 것이고
강을 만나면 배를 만들어 건너가리라
달려가다가 넘어지면
다시 일어나 뛰어서 가리라

손수건을 흔들며 환호성을 외치는 사람들
없어도
잘했노라고 칭찬해주는 사람
없어도

"잘하였다" 착하고 충성된 종이라고 알아주시는

주님만 바라보고

올 한 해도

저 높은 곳을 향하여 달려가야 하리라

그리스도의 향기

출발한 지 얼마 지나지 않아
역겨운 냄새가 스멀스멀 기어나왔다
차를 세우고 차 안을 구석구석 안을 뒤져봤지만
아무 이상이 없었다
다시 출발을 했지만 또 얼마 지나지 않아
고약한 냄새가 차 안에 가득 번졌다
다시 차를 세우고 이번에는
한 사람씩 신발 밑창을 확인하기 시작했다
아뿔싸, 한 사람의 밑창에
개의 분비물이 묻어 있었다
원인을 알아낸 것만도 천만다행
물로 깨끗이 씻어낸 후
우리 일행은 비로소 무사히
목적지에 이를 수 있었다

하나님 앞에서 우리는 그리스도의 향기다
하나님께 영광을 드리는 냄새가 되어야 한다

언제든 어디서든

우리는 하나님 앞에 피어 있는

한 송이의 꽃

그분 안에 거할 때

달콤한 향기를 피어 올릴 수가 있으리라

유월에 피는 장미

담장 너머로 고개를 내밀고는
길 가는 나그네
눈길을 훔치고 발목을 붙잡고
마음마저 훔치는
붉디붉은 유월의 장미여

하루 종일 피었다가
해질녘이면 수줍어 고개를 숙이고
긴 긴 밤 잠 못 이루다가
꼭두새벽이면 다시 활짝 웃으며
나를 반기는
유월의 장미여

곱고 붉은 유월의 장미를 보면서
그 달콤한 향기를 맡으면서
문득 이런 생각을 하는 거다

꽃이 곱다 한들
어떤 꽃이 있어

황혼에 핀 꽃에 비기랴
꽃의 향기가 좋다 한들
세상의 어떤 꽃이 있어
인생의 쓴맛 단맛 다 품은
황혼의 향기에 비할까

작은 것의 소중함

비가 오면 비가 샐까
교회 이곳저곳을 점검해야 한다
혹시라도 낙엽이 하수구를 막으면
본당 안으로 물이 넘쳐 들어오고
제습기 가동이 멈추기라도 하면
피아노를 비롯한 음향기기가 망가지고
이래저래 늘 신경이 쓰인다

여기저기 살피다보면
나사못이 필요하고,
철사 토막이 필요하고,
노끈이 필요하다
물론 조금만 있으면 된다

꼭 필요하지만 조금만 있으면 되는
작은 것들
없으면 간절한 작은 것들
마치 다람쥐가 겨울을 나기 위해
여기저기에 도토리를 감추어놓듯이

목회자가 되고부터
작은 것, 하찮은 물건들을
필요한 때를 위해
여기저기에 감추어놓는 버릇이 생겼다

작은 것, 하찮은 것들이 모여서
하나님 나라를 세워간다

살리라
― 분토골 목양실에서

하나님 앞에
거룩하게
성결하게
순결하게
살리라

나 자신 앞에
정결하게
청결하게
살리라

사람들 앞에
진실하게
성실하게
살리라

4부

아내에게 쓴 편지

다시 함께 걸어갑시다

지난 세월 돌아보면
굽이굽이 애환만 가득하고 눈물이 시내 되어 흘러 여기
까지 왔지요
청춘을 지나 중년이 되고 어느새 반백이 되어
흘러내리는 치마끈 다시 조이는 당신
무심으로 흐르는 세월을 어찌 탓하겠습니까
부족한 남편을 만나 이십육 년을
지지리 고생만 한 당신
하루도 마음 편한 날 없었던
그대를 생각하면 미안하고 또 미안하니
긴 한숨뿐입니다 고마운 마음뿐입니다
당신이 있었기에 내가 있고
하나님의 집이 있고
건장하고 건실하게 자란 세 명의 용장들이 있으니
그대와 나 젊은 날 뿌려놓은 씨앗들이
피와 눈물이 범벅이 되어 흘렸던 땀들이
우리 눈에 열매되어 보이고 있으니
여보, 힘을 내오!
그 옛날 학교 계단을 오르내리던

예쁜 다리로 다시 넓은 대지를 뛰어보시구려
활달한 성격,
강한 승부욕,
야생마 같은 그 기질,
다시 되살아나
남은 인생 주님을 위해 교회를 위해
세 마리 호랑이 같은 녀석들을 위해
남은 길 힘차게 우리 함께 걸어갑시다
서로 눈감으며 묻힐 때
한과 미움이 아닌 흐뭇한 사랑과 감사함으로
멋있게 살았노라고
앞서거니 뒤서거니
미소 지으며 아름다운 작별을 꿈꾸면서 말입니다

추신. 26주년 결혼기념일 이른 아침, 스물여섯 송이의
장미꽃다발을 곱게 만들어 내 마음을 함께 담아 보내오.
사랑하오. 여보, 오래오래 그리고 긴긴 세월 미움도 사랑
하고 분노도 사랑하고 당신이 사랑하는 모든 것을 사랑
하오. 당신의 몸종.

독한 사랑

맨주먹 불끈 쥐고 사명감과 열정 하나만으로 시작했던
그날을 기억하오
유난히도 통통했던 다리, 토실토실했던 얼굴, 코밑 검
은 사마귀까지
모든 것이 당신을 돋보이게 해주었지요
그런 당신이 벌써 육십을 넘어 칠십을 바라봅니다
우리 두 사람, 우여곡절의 사연 속에 부부의 연을 맺은 지
벌써 40년이라니 믿어지지가 않습니다
그때 그 시절, 예비군 군복을 입고 왔다 갔다
학교 복도 2, 3층을 오르내리던 때가 엊그제 같은데
무심한 세월이
쏜살같은 세월이
우리 두 사람, 이렇게 먼 곳으로 옮겨놓았지요
그래도 감사할 일입니다
우리 두 사람, 40년을 한길만 바라보고 여기까지 오면서
안개 속인 듯 보이지 않던 그 많은 꿈과 허상들이
어느새 실상이 되고 현실이 되었으니
하나님께 감사드립니다
여보!

당신의 이름을 새삼 불러봅니다

명희 씨!

지난 세월 숱한 고생을

지난했던 시절을

끝끝내 잘 참아준 명희 씨!

당신이 버텨주었기에 오늘의 내가 있는 것이지요

당신이 없었다면 감히 꿈도 꿀 수 없었던 일들었지요

여보! 명희 씨!

고맙습니다 사랑합니다

지금까지 그랬듯 남은 날들도 우리 뜨겁게 사랑합시다

삶이 다하는 그날까지 끝끝내 함께 갑시다

남은 인생 더 멋있게, 더 재미있게 살다 갑시다

세 아들과 딸 같은 두 며느리들이 우리의 울타리가 되어주고

눈에 넣어도 아프지 않을

우리의 희망이고 우리의 미래인 세 손주가 있지 않소

그러고 보면

우리는 행복한 사람입니다

만복을 받은 사람입니다

내가 세상에서 가장 독하게 사랑하는
나의 명희 씨!
이 세상 끝날 때까지
영원에서 영원까지 당신만을 사랑하겠습니다
처음 맺은 그 약속
독하게 더 독하게 지키겠습니다
증표로 뜨거운 입맞춤을 보냅니다

미안하단 말 대신

여보, 새해 복 많이 받아요
새해에는 당신과 함께할 수 있어서 너무 좋습니다
사랑합니다
사랑한다는 말에 실은 미안한 마음을 담았습니다
못난 남편 따라다니다
당신이 망가진 것 같아 늘 미안한 마음입니다
미안하단 말 민망해할까 싶어
사랑한다는 말로 대신합니다
여보, 설날이 엊그제 같은데
어느새 입춘도 지났습니다
이제는 벌떡 일어나서
힘차고 재미있게 노년을 즐기며 살아봅시다
자랑스럽고 듬직한 세 아들
꽃보다 더 곱고 이쁜 두 며느리
보기도 아까운 재겸이 의겸이 윤이
다함께 행복하게 살아봅시다
그러니 어서 벌떡 일어나세요
명희 씨,
사랑합니다

당신의 생일을 축하합니다

수확의 계절

결실의 계절

깊어가는 이 가을에

세상에서 가장 귀한 열매로 태어난 당신

오늘은 당신이 태어난 날

당신의 생일을 축하합니다

축복합니다

당신을 이 땅에 보내주신 하나님께 감사드리고

장인 장모님께도 감사를 드립니다

세 아들 낳아주어서 고맙고

고생하며 잘 키워주어서 고마운 당신

축하와 축복의 힘으로

여보! 어서 일어나세요

빨리 일어나서

얼마 될지 모를 남은 인생

행복하게

폼 나게

주님 영광을 위해 살아갑시다

여보! 조금만 더 힘을 내주기를!

우리 가정을 부러워하는 사람들이
얼마나 많은지 몰라요
그러니 부디
여보, 건강하고 또 건강합시다
우리의 열매요, 축복의 열매인
세 아들 두 며느리 세 명의 손주들
저들은 또한 우리의 희망이요 축복이니
여보!
저들을 위해서라도
저들을 바라보며 우리 기쁘게 삽시다

아름다운 인생

서른두 해의 가을도
어느새 저만치 가네요
바람에 나뒹구는 낙엽 속에 묻혀서
저기 저 가을이 가네요
따스했던 지난봄의 햇볕을 머금고
요란했던 지난여름 소낙비의 전설을 가슴에 묻고
저기 저만치 가을이 가네요
처음 만나 입이 시리도록 아팠던 풋사랑
가뭇없이 흐려지도록
서른두 해 비바람 눈보라 만고풍상 다 겪었으니
당신 인생에도 가을이
머리카락 사이로
잔주름 사이로
어느덧 가을이 스며들고 있네요
석양에 곱게곱게 물들고
서풍에 나풀나풀 춤추는
그대 고운 단풍잎
한 아름 따다가 내 가슴에 영원히
영원보다 더 영원히 품고 싶습니다

그 향기에 젖어들고
그 빛깔에 물들고 싶습니다
당신과 나 함께한 인생은 얼마나 아름다운가요
당신과 나 함께할 인생은 또 얼마나 아름다울까요

추신. 당신에게 긴긴 키스를 보냅니다. 당신의 짐꾼

5부

나의 여행

갈릴리 호숫가에 서서

칠흑 같은 어둠이 거치고 창밖의 새소리에 눈을 떠보니
갈릴리 호수 위에 눈부신 아침 햇살이 비쳐 온다
이른 새벽 물안개 자욱한 저 가버나움 동네에서
호수 위를 걸어와 주님께서 내게 물으신다
"너는 나를 사랑하느냐?"
"주님은 아십니다."

반세기 전 칠월 어느 날,
섬진강 발원지인 삼계 성문 바위 밑에서
기도하던 나에게 주님께서 물으셨다
"너는 왜 나를 겉으로만 사랑하느냐?"

어느새 목양 사역 사십이 년,
몇 년 남지 않는 이 시점에
주님께서 내게 다시 물으신다
"너는 나를 사랑하느냐?"
"주님은 아십니다. 목양 사역이 이제 몇 년 남지 않았는
데, 이제야 참뜻을 알았고, 이제야 주님 뜻을 깨달았나이
다. 지나온 생이 바로 앞에 선 야곱처럼 험악한 삶을 살았

습니다. 주님이시여! 언제 이 사역을 마칠지 모르오나 여우 꼬리만큼 남은 날들을 경건하게 살겠습니다. 성결하게 살겠습니다. 진실하게 살겠습니다.”

주님께 고백하고 나니
나도 모르게 아침 이슬 같은 눈물이
내 입속에 스며든다
주님께서 내 가슴을 저민다

리투아니아 여인

리투아니아 빌누우스 거리
미루나무 가로수 밑에
이른 아침부터 긴 머리 여인이 서 있네
가로수에 몸을 반쯤 숨기고
멀리에서 찾아오는 누군가를
기다리고 있는 듯
지나가는 차량마다
걸어오는 사람마다
얼굴을 내밀고 쳐다보는
긴 머리에 눈이 파란
저 이국의 여인
그리워서 님 그리워
긴긴 잠 못 이루고
뜬눈으로 밤을 지새웠으니
실바람에도 몸을 휘청이는
내 아내를 닮은
저 가녀린 이국의 여인
눈물은 흘리지 말기를
창가에 긴 햇빛 드리우는 날

석양에 그림자처럼
그대의 침실에 님이 찾아올 테니

가이사라 성지순례에서 만난 부겐빌레아꽃

저기 저 꽃 곱기도 해라
잡초 속에서 어쩌면 저리도 예쁘게
꽃을 피웠을까
마디마디에 붉은색 휘어 감고
나풀거리는 꽃잎은 나비 같구나
한낮의 뙤약볕 머리에 이고도
무거운 줄 모르고
수줍은 듯 붉은 입술 내미는 너는
누구를 닮았구나
누구를 참 많이 닮았구나

반가운 마음에
달려가서 안으려 하니
꽃잎 속에 가시가 숨어 있네

여인아 슬퍼하지 마라
울지도 마라
그대를 사랑하는 나는
그대의 가시도 사랑한다네
〉

가시에 내 가슴 찔린다 해도
온몸에 상처를 입는다 해도
그대는 나의 영원한 사랑
내 인생의 유일한 꽃
부겐빌레아꽃

나는 새는 울지 않는다

아들아
드디어 그날이 왔구나
육 년의 세월
힘들고 어려운 질곡의 날들
잘 견디어냈으니
황량한 사막의 한가운데서
너의 존재의 꽃을 드디어 피웠으니
눈물이 앞을 가리는구나
보기에 쉬워 보여도
그 자리를 지키기 위해
얼마나 많은 인고의 세월을 보냈을까
생각하면
이 땅의 모든 것들에 대하여
경외심을 느끼게 된단다
사랑하는 아들아
불타는 너의 예술혼
지칠 줄 모르는 너의 도전과 창조 정신
자랑스럽구나
이 길로 인도하신 이가 하나님이시니

예술을 너의 성직처럼 여기고
사명의식을 가지고
예술의 세계에서
너의 존재감을 크게 확장하여
너의 이름대로
오대양 육대주에 너의 빛을 발하거라
주님께서 항상 너의 날개가 되어
도우시리라

추신. 런던 브리지타워 힐튼 호텔 512호실에서 이렇게 쓴다. 새벽 기도를 드리고 나서 작품 전시를 앞두고 잠 못 이루고 있을 사랑하는 내 막내아들에게 눈물 젖은 시 한 편을 보낸다. 아들아 사랑한다.

코타키나발루의 석양

작열한 태양이 온 세상을 삼키려는 듯
하루 종일 뜨거운 불덩이를 내뿜더니
어느새
목마른 자, 기진한 영혼들이
코타키나발루의 태양을 삼켜버린 듯
해변에는 어두움이 덮이고 침묵이 흐른다
이국의 노부부가
서로를 의지하며
석양의 해변을
하염없이 걸어간다
지난날의 그리움처럼
긴 그림자를 늘어뜨리며
서로에게 기운 채
노부부가 코타키나발루의 해변을
코타키나발루의 석양을 걸어간다
다시 태양이 떠오를까
다시 철없는 그 시절이 오기나 할까
석양의 노을이 지고
어두움이 지나고 나면

내일의 태양은
코타키나발루의 태양은 다시
떠오를 것이니
내 그리움도
내 그리운 님도
태양처럼 찾아오려나

폴란드 여인

폴란드 국경을 넘다가, 작약꽃을 들고 끝없이 펼쳐진
밀밭 사이를 걷고 있는 이국의 여인을 보다가, 문득 당신
생각에 젖는다

정오의 뙤약볕이 뜨거운
이국의 신작로
국경 아래 펼쳐진 밀밭 사이로
금방 꺾은 작약꽃 한 아름 품에 안고
소박하고 청순한
저 폴란드 여인은
어디를 가고 있나
누굴 만나 전해주려고
함박웃음 입가에 머금고
끝이 보이지 않는
밀밭 길을 걷고 있나

긴긴 인생의 여정
이역만리 타국에서
나그네처럼

나는 또 어디로 가고 있나

이역만리 타국에서
그대를 그리워하노라
초원에 널려 있는
저 들판의 이름 모를 들꽃들을
한 아름 가슴에 담아서
돌아가 그대의 품에 안겨주리라

고향으로 날 보내주오

이국땅이라 더욱 사무치는가
세월이 가고 시간이 흐르면
남는 것은 그리움 뿐
창밖의 까치 소리에
잠을 깬 아침이면
뙤약볕 내리쬐는 말복 더위에
시냇가에서 물장구치며 고기 잡던
유년의 고향 친구들이 그리워라
해가 지고 땅거미가 짙게 깃들면
굴뚝에서 연기가 모락모락 떠오르면
어머니 온 동네 떠나가라 나를 불렀네
"어둡기 전에 어서 와서 밥 먹어야지!"
어머니의 그 목소리가 그리워라
그리워서 불러보는 옛 노래
내 고향으로 날 보내주오
울 엄마의 품 안처럼 아늑한
고향으로 날 보내주오

6부

그리움

그리운 님이여!

― 故 허영진 집사님

님이 있었기에 내가 있었지요
벌써부터 님이 그립습니다
내 가슴 저미고 눈물 남기려고
저 먼 곳으로 훌쩍 떠나갔지만
야속하게 떠나갔지만
아시는지요
님은 내 품속에 여전히 머물고
오늘도 나와 함께 살고 있지요
요단강 건너 저 천국에 먼저 가셨지만
님이 남기고 간 둥지 안에는
님의 흔적들이 지금도 남아 있어
당신을 보는 듯이 살아갑니다
아프도록 그리운 님이여!
내 가슴 저미고 눈물을 남기고 간
야속하도록 그리운 님이여!
님이 남기고 간 님의 흔적들
마르고 닳도록 고이 간직하며 살리다
흐트러짐 없이 살리다

님의 빈 자리
고독으로 가슴이 시려도 끝내 참고
또 참으면서
눈물 삼키며 밤에 홀로 핀 박꽃처럼
그렇게 살리다
긴 긴 겨울 지나고
새 봄이 오면
꽃이 피고 새가 노래하는
그날
그리운 님을 만나리다

내 마음 그곳에

날개가 있다면
님에게로 날아가고 싶다네
날개가 없어
날아가지는 못했으나
마음은 이미
님 계신 곳에 가 있다네
나 없다고 서러워 말게나
나 이미 그곳에
마음 가 있는 그곳에
내가 있다네

슬픈 별세

―이덕현 목사님 모친의 명복을 빌면서

이 세상의 모든 죽음 가운데
슬프지 않은 죽음이 어디 있으랴만
사랑하는 아들의 목사 임직을
사흘 앞두고 유명을 달리하셨다니
참 안타깝기 그지없다
가시는 길이 얼마나 바쁘셨으면
그리도 조급하게 가셨을까
떠나보내는 사람이나
떠나가는 사람이나
우리에게 주신 삶의 시간들이 거기까지이니
누가 그 길을 막을 수 있겠는가?
다만 취할 것과 포기할 것을 아는 것이
지혜이며 은혜가 아니겠는가
다만 우리의 생명의 주인이 하나님이심을
매일매일 고백하며 살아야 하지 않겠는가

나를 깨우치는 죽음
— 故 조공례 집사님

이른 아침이나 밤늦게 오는 전화는 항상 나를 긴장케한다.

받자마자 "목사님~" 하고 통곡 소리가 귓전을 때린다.

"목사님 저 구원이인데요. 아실런지 모르겠어요."

"44년의 세월이 흘렀지만 알고 말고 이 사람아~ 무슨일인가?"

"우리 어머님이 돌아가셨어요…. 목사님께서 오셔서 어머님 장례를 치러주실 수 있으실 런지요."

생각할 여유도 없이 그러마 대답을 했더니, 연거푸 "고맙습니다. 고맙습니다."

흐느껴 우는 울음 섞인 목소리에 가슴이 아려온다.

개척 초기에 어린 아들 손잡고 먼 곳에서 차를 타고 오셨던 조공례 집사님의 모습이 눈에 그려진다.

여든여덟 해를 사시면서 작년 한 해 코로나 때문에 교회도 못 가시고, 지병이 있으면서도 자식에게 짐이 될까봐 알리지도 않으시고, 혼자서 주님 바라보며 죽음을 준비하신 것 같다.

평생 동안 가지고 다니셨던 빛바랜 성경책 갈피갈피에

다 주일 헌금과 십일조를 넣어두셨다.

승화원에서 어머니 손때가 묻어 있고 영혼이 깃든 헌금들을 꺼내면서 아들은 눈물이 범벅이 되었다.

하얀 편지 봉투 속에 가득히 담은 것을 내게 건넨다.

"목사님, 어머님이 마지막으로 하나님께 드리고 가신 헌금입니다."

조 집사님 수고하셨습니다.

잘 가세요.

편히 쉬세요.

나는 과연 주님께 무엇을 남기고 갈 것인가.

죽어도 그리울 나의 사랑아

　우리가 처음 만났을 때, 사랑의 불화살이 내 가슴에 꽂
혔지
　안 되는 줄 알면서도 그대에게 이끌리고 만 불가항력의
사랑이었지
　이루어질 수 없는 만남이어서, 나의 사랑은 더욱 뜨거
웠지

너와 나 영원히 하나가 될 수는 없어서
나는 나로 너는 너로
함께이면서 홀로이 영원히 살아가야 하기에
이 얼마나 얄궂은 운명의 사랑이랴
얼마나 시리고 아픈 사랑이랴

너와 내가 아닌 그대여!
일인칭 이인칭이 아닌
끝끝내 삼인칭으로 살아가야만 하는 그대여!
그러니 나는 가까이서 너의 그림자가 될 테니
너는 먼발치에서 나의 빛이 되어다오

창 너머로 나부끼는 그대의 머리카락만 봐도

바람결처럼 그대의 옷자락만 스쳐도
들릴 듯 말 듯 그대의 목소리만 들어도
나는 행복하였다

너와 나 하나 될 수 없는
만났다 다시 헤어져야 하는
견우와 직녀의 운명
오늘도 서글픈 외기러기 되어
날아간 너를 그리워한다

빛으로 내 안에 사는 사람아
다만 그리워하며 살아도 좋으리
다만 너의 그림자로만 살아도 좋으리
그렇게 살다 죽어도 좋으리

나 죽어 청산에 묻히리
꽃이 되고 바위 되고
흐르는 강물의 그림자 되어
천년만년 너를 그리워하리

당신의 빈자리
— 故 김신자 권사님

당신의 이름을 내 손으로 지우다니요

오늘 금요 철야 기도회 때
권사님이 앉으신 그 자리에
권사님이 없다고 생각하니
눈물이 납니다

당신은 늘 우리와 함께 있었지요

우리의 입이 되어주고
우리의 머리가 되어주고
우리의 정보의 바다가 되어주었던
권사님의 빈자리가 너무 큽니다

이제 우리가 당신과 함께하겠습니다

우수雨水

건강과 병듦
청춘과 늙음
최상과 최악
기쁨과 슬픔
만남과 이별
그리고 끝내
삶과 죽음을 생각하다가

사납게 짖던 개가 꼬리를 내리듯
맹렬했던 추위도 어느새 꼬리를 내리고
꽃샘바람이 울 어머니 무명 치맛자락 흔들어대면
흰 고무신 신고 나물 캐던 들판에서
버들가지 꺾어 들고 풀피리 불던
그 꼬마를 생각한다

우수에 잠긴다

빛바랜 흑백 사진

한국 전쟁이 한창이던 때에
우리 어머니 이 세상에 나를 낳으셨다
산고의 비명 한 번 제대로 질러보지 못하시고
뜨거운 미역국에 밥 한 사발 제대로 먹어보지 못하시고
그렇게 나를 낳으셨다
열두 자식을 낳았으나
여섯 자식은 키워보지도 못하시고
육 남매만 겨우 건지셨으니
가슴에 맺힌 그 숱한 한들을
어찌 다 푸시고 사셨을까?

단기 4288년 1월 11일이 적혀 있는
어머니의 도민증
스물두 살의 어린 어머니가 거기 계신다
빛바랜 사진 속에
뽀얀 피부 통통한 얼굴의 어머니가 계신다

어머니 회갑 때 찍은 흑백 사진 한 장
화장기 하나 없이

하얀 치마저고리 곱게 차려입으신 어머니
갓을 쓰시고 긴 수염에
검은 피부와 눈이 움푹 들어간 아버지
낡은 흑백 사진 속에
병풍을 배경으로 무표정한 얼굴로
어머니 아버지 나란히 앉아계신다

보고 싶습니다 어머니
보고 싶습니다 아버지

아버지

아버지는 하늘입니다
아버지는 울타리입니다
아버지는 바위입니다
아버지는 바다입니다
아버지는 그리움입니다
아버지는 허수아비입니다

나는 아버지의 그림자입니다

어머니

어머니는 사랑입니다
어머니는 눈물입니다
어머니는 바람입니다
어머니는 길입니다
어머니는 이불입니다
어머니는 뭉게구름입니다
어머니는 나의 대지입니다

나는 어머니의 열매입니다

우리 어매

어매 늙어 토담집 속에 가두고
육 남매 텃밭 같은 젖가슴에 묻어 키우셨지

검은 머리 논두렁의 억새풀 되어
서릿바람 날리는
인생의 가을을 서러워하노라

햇빛 쏟아져 나락 모가지 태우고
가을걷이하는 촌로의 손놀림이 어찌 저리 바쁠꼬

가슴속 회환이 가득했던 우리 어매
어찌 저 황금 들판을 잊으시고
어찌 저 붉게 물든 산야를 묻어두시고
어찌 흙 베개 베고 말없이 누워계실꼬

인생아! 지는 세월아
우리 어매 그리워서 나는 어찌할꼬

별이 된 이별, 병이 된 이별

만남과 이별
회자정리會者定離가 인생의 순리順理라지만
그 순한 이치가 때로는
독한 이치가 되기도 하지

어떤 이별은
별이 되어 내 마음에 반짝반짝
빛이 되고 추억이 되고
그리움이 되지만

어떤 이별은
병이 되어 내 마음에 두고두고
아픔이 되고 눈물이 되고
생채기를 남기지

운동장만 한 흉터 자국만 남기고
말없이 떠나가는
당신

이 비가 그치면

때늦은 봄비가 장대비처럼 내린다
천둥이 치고 바람이 불고
소리도 요란하게 기세를 부린다
이렇게라도 비가 내리니 다행이다
이 비가 그치면
황량한 대지도 몸을 뒤틀며
파랗고 노랗고 빨간 꽃들의 잔치가 벌어지겠지
이 비가 그치면
높고 낮은 저 산들마다
초목들도 알록달록 고운 옷으로 갈아입겠지
이 비가 그치면
산짐승도 들짐승도
한 뼘 남짓 남은 이 봄을 춤추고 노래 부르며
새끼들 거느리고 봄나들이 나가겠지
이 비가 그치면
나도 한 줌의 흙이 되어
산야에 누워계신 울 어머니 울 아버지 만나야겠다
거칠어진 볼도 비벼보고 재롱도 부려보고
햇살보다 더 따뜻한 그 품에 안겨봐야겠다

이 비가 그치면

어머니 아버지 계신 곳으로 봄나들이 떠나야겠다

돌아온 여행 가방

내게는 오래된 군청색 샘소나이트 가방이 있다
언젠가 해외여행 떠날 때 마음먹고 샀던 여행 가방이다
오랜 세월 동안 여행 다닐 때마다 어디든 끌고 다닌 탓에
수리도 여러 번 해야 했다
한 번은 손잡이가 부러졌을 때 새것으로 교환하려 했더니
너무 오래되어서 재료가 없다는 거다
어찌어찌 겨우겨우 구입하여 고칠 수 있었다
함께한 세월만큼이나 정이 들 대로 든 물건이다
지금도 여행을 다녀오면 닦아주고
바퀴에 기름칠도 해주고
부푸러기도 불로 제거해주는 것이니
그야말로 애지중지한 물건이다
이런 가방을 막내아들 녀석이 가져가겠다는 것이다
하는 수 없어 내주기는 했지만
영 내키지 않았다
마치 오래된 친구를 떠나보내는 것 같아 서운했다
그런데 몇 년 만에 그 가방이
영국에 있는 막내아들로부터 내게 돌아왔다
한국에 오는 친구가 작은 가방이 필요하다고 해서

빌려주었던 것이다

그 바람에 이제야 제 주인을 찾아온 것인데,

가방이 돌아와서 반가운 것인데,

반가워야 하는 것인데,

가방을 열고 보니 허전하다

와야 할 녀석은 안 보이고

그리움만 가득하다

그리움만 가득 차서 오히려 허전하다

잊혀지지 않는 사람들

꽃잎이 꽃을 떠나야
열매를 맺듯이
잎이 낙엽 되어 가지를 떠나야
나무가 새봄을 맞이하듯이
떠남이 순리라지만
사람들 곁에 있을 땐 몰랐는데
낙엽 지듯 떠나고 나니
철철마다 그리움만 가득하다
지우고 싶어도 지워지지 않는
그 사람들
잊고 싶어도 잊혀지지 않는
그 눈동자, 입술의 미소
세월의 강물에 씻겨간 줄 알았는데
아직도 내 가슴에 겹겹이 쌓여
산을 이루고
들을 이루고 있다
지나온 43년의 광야 생활
내 곁에서 지팡이가 되어주고
기둥이 되어주며

함께 울고 함께 너털웃음 짓던
나의 영원한 동역자들
내 어찌 잊으리
나의 기도 속에서 영원히 함께할
나의 동역자들

에필로그

그동안 조각조각 모아놓았던 글들을 아버지 칠순 기념으로 냈으면 좋겠다는 아들들과 자부들의 권고가 있어서 몇 번이고 망설이다가 부끄러움을 무릅쓰고 이 책을 펴냅니다. 칠순 기념이니만큼 그동안 써두었던 글들 중에서 70편을 추렸습니다.

보잘 것 없는 글이지만, 저의 삶과 저의 믿음과 저의 사랑을 솔직하게 담은 것이니, 어느 한 구절만이라도 이 글을 읽는 이의 마음에 닿아주었으면 하는 바람입니다.

44년 동안 함께해주신 동신교회 성도님들과 내 인생의 동반자 사랑하는 명희 씨, 세 아들들과 자부들, 손주들 모두에게 감사를 드리며 허물 많은 이 종을 끝까지 사랑해주시는 하나님께 영광을 돌립니다.

지난 칠십 해를 은혜와 감동으로 채워준 한 사람 한 사람에게 말로 다 하지 못 할 감사를 이 책에 실린 글들로 대신하려 합니다. 사랑합니다. 그리고 존경합니다.

아들이고 아버지이고 남편이고 목회자인
한 사내의 절절한 연서(戀書)

박제영
(시인)

1

삼월 어느 날 출판사로 전화가 왔다. "저희 아버님 칠순 기념으로 아버님의 시집을 만들어드리고 싶습니다." 반신반의하면서 원고를 보내보라고 했다. 보내온 원고를 읽으면서 어느새 반신반의의 마음은 사라지고, 오히려 서동근 시인 — 등단한 적은 없지만 그래서 시인이라 부르면 본인은 민망해할 수도 있겠지만, 그의 원고를 다 읽고 난 지금 나는 그를 시인이라 생각한다 — 의 절절한 시심(詩心)에 젖어든 것이니, 반갑고 고마운 마음에 발문을 몇 자 적는다.

글에 앞서 서동근 시인의 칠순과 첫 시집 상재를 축하드리고, 더불어 모쪼록 이 한 권의 시집으로 머물지 말고 더 깊게 시의 길을 걸어가시기를 바라고 응원하는 마음도 함께 전해드린다.

이번 시집은 거칠게 축약하자면 집안의 가장으로서 서동근 시인이 가족에게 보내는 연서(戀書)이고, 아들로서 부모에게 보내는 연서(戀書)이며, 또한 남편으로서 아내에게 보내는 연서(戀書)이고, 목회자로서 사람들에게 보내는 연서(戀書)일 것이다. 그 절절한 마음을 모자란 글이지만 어설프나마 살펴보겠다.

2

밖에선 / 그토록 빛나고 아름다운 것 / 집에만 가져가면 / 꽃들이 / 화분이 // 다 죽었다
— 진은영, 「가족」 전문

진은영의 시 「가족」은 짧지만 그 안을 들여다보면 볼수록 지금 이 사회가 앓고 있는 병과 병증이 아프도록 깊고 길게 적나라하게 배어 있다. 자식이 부모를 살해하고, 부모가 자식을 살해하는 일이 낯설지 않은 풍경이 된 지는 이미 오래다. 가족이 따뜻한 보금자리가 아니라 오히려 이 사회의 병리 현상이 되어버린 지 이미 오래다. 그야말로 지옥의 한 풍경이 아닐 수 없겠다. 어떻게 하면 우리는 이 지옥으로부터 벗어날 수 있을까. 어떻게 하면 우리는 구원받을 수 있을까. 어떻게 하면 우리는 '죽임의 가족'으로부터 벗어나 '살림의 가족'으로 다시 만날 수 있을까.

삶을 나누면서 산다는 것이 이리도 좋을까?

아~ 아~ 좋다.

산다는 것이, 살아 있다는 것이 좋고, 고통이 있고 아픔이 있다는 것이 이리도 좋다.

함께 어우러져 살다가 마침내 서산에 해가 기울 듯 인생의 석양이 붉게 물들고 "내가 먼저 갈 테니 당신 잘 있어! 내가 먼저 가서 기다릴게." 마지막 인사를 전하고 마침내 이 세상 떠나는 날, 차가운 내 손을 뜨겁게 잡아줄, 뜨겁게 울어줄 당신이 있어 좋다.

요단강 건너가 천군 천사들의 환영 속에서 영생하신 그분을 만날 것을 생각하면 이 또한 좋다.

살아 있는 것이 왜 좋으냐고 묻지 마라.

슬플 때는 슬퍼서 좋고, 기쁠 때는 기뻐서 좋다.

살아 있다는 것이, 아픔이 있다는 것이, 사랑하며 산다는 것이 그냥 좋다.

　　―「살아 있다는 것이 좋다」 부분

그런데 이런 지옥도의 살풍경 속에서 시인은 "살아 있다는 것이 좋다"고 말한다. "삶을 나누면서 산다는 것이 이리도 좋"고, "산다는 것이, 살아 있다는 것이 좋고, 고통이 있고 아픔이 있다는 것이 이리도 좋다"고 한다. 그리고

143

이유는 금세 드러난다. "사랑해주는 사람이 있어 나는 행복하고, 사랑하는 사람이 있어 더욱 행복하다"는 것이니, "사랑하므로 나는 살아 있다"는 것이니, 결국은 "사랑"인 것이다. 사랑이 곧 살림[生, to save]이고 삶[life or to live]으로 가는 핵심인 것이다.

손주를 보며 "꽃이 되고 나비 되어 / 미소 짓게 하는 / 너는 누구냐"(「謙, 너는 누구냐」) 웃으며 묻는 그 마음에 '사랑'이 있고, "어린 손자의 격려 섞인 말 한마디가 / 나를 춤추게"(「나를 춤추게 하는 것」)하는 그 마음에도 마침내 '사랑'이 있다. 가족의 구성원들 모두 '사랑'이라는 끈으로 연결되어 서로를 축복해주고 위로해주는 것. 시인은 그런 '가족의 사랑'을 우리에게 보여주고 있다. 비로소 사랑만이 우리로 하여금 이 지옥의 살풍경에서 벗어날 수 있게 해준다는 것을 보여주고 있다.

3

사랑은 말과 피부, 그리고 없을 것만 같은 '마음'을 재료로 엮는 건축술이기에, 균열하거나 훼파하기 쉬운 연하디연한 놀이다.
 ― 김영민, 『사랑, 그 환상의 물매』 중에서

위에서 말한 '사랑'은 가족에 대한, 가족에 의한, 가족의 사랑이라면, 지금부터 말하려 하는 것은 부부에 대한,

부부에 의한, 부부의 사랑 이야기일 것이다. 연인과 부부는 사랑으로 연결된 것이나, 실은 전혀 다른 관계일 수도 있겠다. 사랑만으로 충분한 연인은 어떤 이유로든 헤어질 수 있지만, 부부는 가난할 때나 부유할 때나 건강할 때나 아플 때나 검은 머리가 파 뿌리가 될 때까지 마침내 죽음이 두 사람을 갈라놓을 때까지 '사랑하겠다는 약속'으로 맺어진 것이니 연인과 부부는 사뭇 다른 것이다.

물론 신혼의 이혼에서 황혼의 이혼까지, 이혼율이 점점 더 높아지고 있는 세상이니, '부부의 언약, 사랑의 약속' 마저 무색해진 지 어쩌면 오래되었는지도 모르겠다. 부부의 사랑이라니, 그 말조차 진부해진 지 이미 오래되었는지도 모르겠다.

이렇듯 사랑마저 흉흉해진 세상에서 시인은 진부한(?) 사랑타령을 새삼스레 들려주는 것이다.

서른두 해의 가을도
어느새 저만치 가네요
바람에 나뒹구는 낙엽 속에 묻혀서
저기 저 가을이 가네요
따스했던 지난봄의 햇볕을 머금고
요란했던 지난여름 소낙비의 전설을 가슴에 묻고
저기 저만치 가을이 가네요
처음 만나 입이 시리도록 아팠던 풋사랑
가뭇없이 흐려지도록
서른두 해 비바람 눈보라 만고풍상 다 겪었으니

당신 인생에도 가을이

머리카락 사이로

잔주름 사이로

어느덧 가을이 스며들고 있네요

석양에 곱게곱게 물들고

서풍에 나풀나풀 춤추는

그대 고운 단풍잎

한 아름 따다가 내 가슴에 영원히

영원보다 더 영원히 품고 싶습니다

그 향기에 젖어들고

그 빛깔에 물들고 싶습니다

당신과 나 함께한 인생은 얼마나 아름다운가요

당신과 나 함께할 인생은 또 얼마나 아름다울까요

추신. 당신에게 긴긴 키스를 보냅니다. 당신의 짐꾼
— 「아름다운 인생」 전문

　지금까지 아내와 부부로 살아온 세월이 아름다웠으니, 남은 생 앞으로 부부로 살아갈 세월도 아름다울 거라고 하면서 아내에게 키스를 보내는 시인이다. "이 세상 끝날 때까지 / 영원에서 영원까지 당신만을 사랑하겠습니다 / 처음 맺은 그 약속 / 독하게 더 독하게 지키겠습니다"(「독한 사랑」)라며 "증표로 뜨거운 입맞춤을 보"내는 시인이다. 칠십의 노인이 보여주는 이런 로맨스라니! 사랑의 약속 지켜볼 만하지 않은가. 죽는 날까지 사랑하겠다는 그 약속, 말은 쉽지만 그게 과연 쉬운 일인가. 시인은 과연 그 말, 그 약속을 끝끝내 지킬 수 있을까. 지킬 수 있을 것이다. "투덜거리는 우리 부부 / 티격태격하며 미운 정 고운 정 쌓는 게 부부려니 / 사랑의 잔소리를 보약처럼 여기고 / 주거니 받거니 하면서 / 오늘도 애증의 강을 건너는 / 우리 부부"(「애증의 강」)라고 솔직하게 고백하는 것을 들어보면 충분히 지킬 수 있지 않겠는가. 앞서 진부한(?) 사랑이라고 얘기했지만, 마침내 사랑은 진부하지 않음을 시인은 넉넉히 그려내 보이고 있지 않은가.

4

하늘의 신이 빛이라 불리는 투명한 작대기로 / "눈을 감아도 그리운 얼굴이 명멸하여 / 수백 페이지 불면의 밤은 한 권의 서책이 되었소 / 그대 집 앞 / 은하수 건너는 나무다리 난간 위에 올려놓았으니 / 가져가 심심한 날 펼쳐 보시오" / 라고 대지 위에 끄적거려 놓았다고 한다 / 우린 그 연서를 꽃이라 부른다 / 꽃은 신(神)들의 시(詩)이다

— 이선식, 「신화(神話)」 중에서

이선식 시인은 "꽃은 신(神)들의 시(詩)이다"라고 하였는데, 실은 "시(詩)는 신(神)의 영역이다"라는 말이 먼저일 것이다. 시의 마음[詩心]이 곧 신의 마음[神心]이니 곧 신심(信心)이 시심(詩心)이겠다.

서동근 시인은 사십여 년의 광야 사역을 해온 목회자이
다. 시집 전편을 아우르는 큰 정서 중 하나는 따라서 목회
자로서 지닌 신심(信心)이다. 그 신심이 시심(詩心)으로
전이되어 때로는 슬프도록 때로는 아프도록 시의 꽃을 피
우고 있다. 신(神)이 만든 시어(詩語)들이 시집 곳곳에 꽃
으로 피었다. 다음의 시는 그러한 신심(信心)을 대표적으
로 보여준다.

출발한 지 얼마 지나지 않아
역겨운 냄새가 스멀스멀 기어나왔다
차를 세우고 차 안을 구석구석 안을 뒤져봤지만
아무 이상이 없었다
다시 출발을 했지만 또 얼마 지나지 않아
고약한 냄새가 차 안에 가득 번졌다
다시 차를 세우고 이번에는
한 사람씩 신발 밑창을 확인하기 시작했다
아뿔싸, 한 사람의 밑창에
개의 분비물이 묻어 있었다
원인을 알아낸 것만도 천만다행
물로 깨끗이 씻어낸 후
우리 일행은 비로소 무사히
목적지에 이를 수 있었다

하나님 앞에서 우리는 그리스도의 향기다
하나님께 영광을 드리는 냄새가 되어야 한다

언제든 어디서든
우리는 하나님 앞에 피어 있는
한 송이의 꽃
그분 안에 거할 때
달콤한 향기를 피어 올릴 수가 있으리라
—「그리스도의 향기」전문

신심(信心)으로 자신을 채울 때 비로소 '냄새나는 인간'에서 '향기가 나는 인간'으로 바뀐다는 시인의 말은 종교와 상관없이 울림을 준다. 시심(詩心) 또한 그런 것 아니겠는가. 세속에 찌든 그 역한 냄새를 벗어내기 위해 우리는 시를 쓰고 또 시를 읽는 것 아니겠는가. 시(詩)와 신(信)과 신(神)이 참 묘하게 만나는구나 싶기도 하다.

5

樹欲靜而風不止, 子欲養而親不待(수욕정이풍부지, 자욕양이친부대). 나무가 고요하고자 하나 바람이 그치지 않고, 자식이 봉양하고자 하나 부모는 기다려주지 않네.
—《논어·한씨외전(韓氏外傳)》

서동근 시인의 부모님을 향한, 이제 세상을 떠나 세상에 없는 부모님을 그리워하는 시편들을 읽다보면 저절로 그런 생각 드는 것이다.

어느 날 어머니의 전화기 속에서 "지금 거신 번호는 없는 번호이오니…"라는 음성이 들린다면, 어머니의 부재가 불현듯 내게도 찾아올 것인데, 나는 과연 어떤 심정이 될까. 그 음성 들리기 전에 이제라도 자주 안부를 물어야겠다. 부모는 결코 기다려주지 않으니.

단기 4288년 1월 11일이 적혀 있는
어머니의 도민증
스물두 살의 어린 어머니가 거기 계신다
빛바랜 사진 속에
뽀얀 피부 통통한 얼굴의 어머니가 계신다

어머니 회갑 때 찍은 흑백 사진 한 장
화장기 하나 없이
하얀 치마저고리 곱게 차려입으신 어머니
갓을 쓰시고 긴 수염에
검은 피부와 눈이 움푹 들어간 아버지
낡은 흑백 사진 속에
병풍을 배경으로 무표정한 얼굴로
어머니 아버지 나란히 앉아계신다

보고 싶습니다 어머니
보고 싶습니다 아버지
— 「빛바랜 흑백 사진」 부분

6

수고하고 무거운 짐 진 자들아 다 내게로 오라 내가 너희를 쉬게
하리라

— 마태 11:28

거칠고 조악한 글을 이제 마무리해야겠다. 정식으로 시
를 배우지도 않았고, 등단을 한 것도 아니지만, 서동근 시
인은 이미 시인이다. 비록 형식과 기술면에서 다소 서툴고
아직은 다듬어야 할 것들도 더러 눈에 띄었지만, 시를 대
하는 그 정직한 마음과 시를 모시는 그 시심만은 이미 차
고 넘친다. 기성 시인입네 하는 내가 오히려 배워야 할 부
분이기도 하겠다.

자연인으로서 칠십 년의 세월을, 목회자로서 사십여 년
의 세월을, 가장으로서 사십여 년의 세월을 결코 허투루
보내지 않았음을 이 시집은 증명하고 있다. 서동근 시인
이 아들로서 아버지로서 남편으로서 목회자로서 살아낸
그 세월의 무게와 깊이가 고스란히 담겨 있다.

시인의 입장에서는 칠십 년 지난 세월을 시라는 형식으
로 정리한 것이겠지만, 그러니 '시집'보다는 '회고록'에
더 무게를 둘 수도 있겠지만, 나로서는 당부 아닌 당부를
드리고 싶다.

아들로서 아버지로서 남편으로서 목회자로서 칠십 년
의 세월을 이 시집으로 정리하였으니, 이제 시인으로서 독
자들을 울리고 삶의 짐을 덜어주시라.

죽어도 그리울 나의 사랑아

1판 1쇄 발행	2021년 5월 30일
지은이	서동근
발행인	윤미소
발행처	(주)달아실출판사
책임편집	박제영
디자인	전형근
마케팅	배상휘
법률자문	김용진
주소	강원도 춘천시 춘천로 17번길 37, 1층
전화	033-241-7661
팩스	033-241-7662
이메일	dalasilmoongo@naver.com
출판등록	2016년 12월 30일 제494호

ⓒ 서동근, 2021
ISBN 979-11-91668-00-1 03810

이 책의 판권은 지은이와 (주)달아실출판사에 있습니다. 양측의 동의 없는
무단 전재 및 복제를 금합니다.

• 잘못된 책은 구입한 곳에서 바꿔드립니다.
• 책값은 뒤표지에 표시되어 있습니다.